KB109681

머리맡에 두고 읽는 시

■ 이 도서의 국립중앙도서관 출판예정도서목록(CIP)은
서지정보유통지원시스템 홈페이지(http://seoji.nl.go.kr)와
국가자료공동목록시스템(http://www.nl.go.kr/kolisnet)에서 이용하실 수 있습니다.
(CIP제어번호: CIP2020024856)

머리맡에 두고 읽는 시

김용택

배고프지 나의 사람아
엎디어라 어서
무릎에 엎디어라

마음산책

이용악

1914년 함경북도 경성에서 태어났다. 일본 니혼대학 예술과 및 조치대학 전문부 신문학
과에서 공부했으며, 1935년에 잡지 〈신인문학〉에 「패배자의 소원」을 발표하며 작품 활
동을 시작했다. 한국전쟁 때 월북하였으며, 월북 후 조선문학동맹 시분과위원장, 조선작
가동맹출판사 단행본 부주필 등을 역임했다. 1971년 폐병으로 생을 마감했다. 시집으로
『분수령』『낡은 집』『오랑캐꽃』『이용악집』『리용악 시선집』 등이 있다.

머리맡에 두고 읽는 시 이용악

배고프지 나의 사람아 엎디어라 어서 무릎에 엎디어라

1판 1쇄 인쇄 2020년 6월 25일
1판 1쇄 발행 2020년 6월 30일

지은이 | 김용택
펴낸이 | 정은숙
펴낸곳 | 마음산책

편집 | 권한라 · 성혜현 · 김수경 · 이복규   디자인 | 최정윤 · 오세라
마케팅 | 권혁준 · 김종민   경영지원 | 박지혜

등록 | 2000년 7월 28일(제13-653호)
주소 | (우 04043) 서울시 마포구 잔다리로 3안길 20
전화 | 대표 362-1452 편집 362-1451   팩스 | 362-1455
홈페이지 | http://www.maumsan.com
블로그 | maumsanchaek.blog.me
트위터 | http://twitter.com/maumsanchaek
페이스북 | http://www.facebook.com/maumsan
전자우편 | maum@maumsan.com

ISBN 978-89-6090-628-0 04810
    978-89-6090-629-7 04810 (세트)

* 책값은 뒤표지에 있습니다.

이용악만큼 우리 고유의 속 깊은 정을
드러내준 시인도 드물다.

⋮

순하고 착한 말을 찾고 선한 말로
조용조용 시의 나라를 세웠다.

김소월, 백석, 윤동주, 이상, 이용악의 시선집을 엮다

1

김소월 하면 「진달래꽃」 「초혼」 등 몇 편의 시가 생각난다. 나는 소월의 「엄숙」이 좋다. 이상 하면 「오감도」다. 그러나 나는 이상의 「가정」이라는 시가 좋다. 이상의 시를 읽으며 나는 그가 때로 근대를 넘어 현대를 스쳐 지나가고 있다는 느낌이 들 때가 있다. 백석 하면 「나와 나타샤와 흰 당나귀」가, 윤동주 하면 「서시」가 비켜서지 않은 그들의 정면이다. 이용악의 서럽도록 아름다운 시 「집」이나 「길」 같은 시는 읽히지 않는다. 유명한 시인들의 강렬한 시 몇 편이 다양하고 다채롭고 역동적인 그들의 시 세계를 가로막고 있다.

그럴 수는 없겠지만, 그렇게 되지도 않겠지만, 김소월, 백석, 윤동주, 이상, 이용악 이 다섯 시인에게 고정시켜놓은 시대적, 시적, 인간적인 부동의 정면을 잠시 걷어내고 그들에게 자유의 '날개'를 달아주고 싶었다. 이 시선집을 엮으며 나는 이상이 친근해졌다. 그의 슬픔에는 비굴이 없다.

2

이 다섯 권의 시선집은 시인과 시를 연구한 시집이 아니다. 그냥 읽어서 좋은 시들이다. 누구나 편하게 읽을 시, 읽으면 그냥 시가 되는 시, 시 외에 어떤 선입견도 버린 그냥 '시'였으면 좋겠다. 마음이 어수선할 때, 내 삶을 무슨 말로 정리하고 넘어가고 싶을 때, 간절한 손끝이 가닿는 머리맡에 이 시집들을 놓아드리고 싶다.

3

지금 당신이 애타게 찾는 말이, 당신을 속 시원하게 할 수는 없겠지만, 그럴 수는 없겠지만, 어쩌면 그럴 수도 있을 것이다. 그것이 이 시집이고, 이 시라면, 그러면, 지금의 당신도 저 달처럼 어제와는 다른 날로 한발 다가가거나 아까와는 다른 지금으로 생각의 몸집을 줄일 수 있을 것이다. 내일 아침 새로 디딜 땅을 스스로 만들 수 있는 이는 지금 바로 당신뿐이다.

4

달빛이 싫어 돌아눕고 돌아누워도 해결되지 않은 일이 실은, 달빛 때문이 아니었음을 나중에야 깨닫는다. 그것은 세상이 변해도 낡지 않을 사랑을 찾기 위한 저문 산길 같은 사람의 외로움이다. 철없는 외로움과 쓸데없는 번민들, 버려도 괜찮을 희망을 안쓰럽게 다독여주는, 내 머리맡의 시들, 달빛에 엎디어 읽던 시인들의 시들을 달빛처럼 쓸어 모아 새집을 지어주었다. 그 집은 '한 집안 식구 같은 달'이 뜬 나의 집이기도 하다.

2020년 여름
시인 김용택

◆ 일러두기

1. 이용악 시의 원본과 현대어 표기는 『이용악 시전집』(윤영천 엮음, 문학과지성사, 2018)을 참고했습니다.
2. 원본 중 한자는 모두 한글로 바꾸었습니다.
3. 원본을 따르되, 일부 맞춤법과 띄어쓰기는 내용을 해치지 않는 범위 내에서 현대어 표기에 맞게
   바꾸었습니다.

차 례

꽃가루 속에

배추밭 이랑을 노오란 배추꽃 이랑을

숨 가쁘게 마구 웃으며 달리는 것은

어디서 네가 나즉히 부르기 때문에

배추꽃 속에 살며시 흩어놓은 꽃가루 속에

나두야 숨어서 너를 부르고 싶기 때문에

백석을 떠올리면 용악이 따라오고 용악을 떠올리면 나는 백석이 따라온다. 왜 그러느냐고 물으면 나는 모르겠다고 대답한다. 백석의 시는 섬세한 미성이고 용악의 시는 육성에 가깝다. 용악의 시가 동편제면 백석의 시는 서편제다. 용악은 '바람 부는 산맥'을 넘어 덜커덩덜커덩 기차에 몸을 싣고 벌판을 간다면 백석은 강을 건너 바람 잔 들길을 걷다가 등잔불 깜박이는 큰 산 아래 '남신의주 유동 박시봉방'에 드는 사람이다. 나는 이 두 시인의 시를 문단에 나가서야 보게 되었다. 그것도 낡고 흐린 복사본으로 말이다.

안도현 시인은 백석을 좋아하고 나는 용악을 좋아한다. 내가 한창 문학적인 감수성이 왕성할 때 이 두 시인을 만났다면 내 시가 달라졌을 것이라는 생각을 가끔 혼잣속으로 한다. 호젓하게.

이 짧은 글은 이용악과 백석의 시집 맨 앞 시에 같이 싣는다.

달 있는 제사

달빛 밟고 머나먼 길 오시리

두 손 합쳐 세 번 절하면 돌아오시리

어머닌 우시어

밤내 우시어

하아얀 박꽃 속에 이슬이 두어 방울

내가 이용악의 시를 처음 보았을 때 받은 충격은 컸다.

내가 쓴 「이용악에 대한 몇 가지 생각」이라는 글이 기억나서 나는 나의 모든 산문들을 뒤져 미발표된 아래 글을 찾았다. 복사본 시집을 본 때가 1980년대 중반이었을 것이다. 그중에 한 가지 생각을 여기 그대로 옮겨보겠다.

'캄캄한 겨울밤 밖에 바람이 불며 눈이 내리는지 이따금 창호지 문에 눈발이 부딪치는 바스락 소리가 들렸다. 차디차게 식어가는 방에서 이불을 둘러쓰고 책을 읽기도 하고 시를 끄적거리기도 하다가 눈 오는 소리가 들려 방문을 열면 불빛 안으로 눈들이 우우 몰려왔다. 툇마루에 서면 찬바람이 불고 눈송이들이 맨 발등과 얼굴에 와서 차게 녹았다. 으으 몸서리를 치며 얼른 방문을 닫고 들어와 이불 속으로 들어가 다시 보던 책을 보거나 그냥 누워 사그락사그락 눈 위에 눈이 내리는 소리에 마음을 주기도 했다. 새벽이면 아버님께서 일찍 일어나

서서 소죽을 끓이고 방이 따뜻해지면 나는 천길 만길 깊은 잠을 잤다. 죽음 같은 편안한 잠이었다. 이용악을 읽던 어느 겨울날 밤이었다.'

장마 개인 날

하늘이 해오리의 꿈처럼 푸르러

한 점 구름이 오늘 바다에 떨어지련만

마음에 안개 자욱히 피어오른다

너는 해바래기처럼 웃지 않아도 좋다

배고프지 나의 사람아

엎디어라 어서 무릎에 엎디어라

'너는 해바래기처럼 웃지 않아도 좋다

배고프지 나의 사람아

엎디어라 어서 무릎에 엎디어라'.

이 구절은 몇 번이고 읽고 읽을 때마다 새로운 생각을 불러
일으켰다. 그리움이 바람이 되어 앞산에서 불었다. '배고프지'
는 동물적인 굶주림이나 허기가 아니다.

사람마다 가지고 있는 배고픔의 시, 어느 바다 끝에서 달려
와 엎디어 우는 영혼의 시다.

등잔 밑

모두 벼슬 없는 이웃이래서

은쟁반 아닌

아무렇게나 생긴 그릇이 되려

머루며 다래까지도 나눠 먹기에 정다운 것인데

서울 살다 온 사나인 그저 앞이 흐리어

멀리서 들려오는 파도 소리와 함께

모올래 울고 싶은 등잔 밑 차마 흐리어

내 시같이 좋아서 내가 쓴 시같이 좋아서 내가 이렇게 시를 쓰면 좋겠다는 생각이 들어서 좋다. 나는 평생 이렇게 '벼슬 없는' 이웃들 속에 살아서 '아무렇게 생긴 그릇'이라는 말이 너무 좋아서, 시인이라는 생색 없이 살고 싶어서 나는 그것이 괴로워서 새벽부터 시를 읽는다. 아침에 만난 당숙모가 "용택이는 새벽에 일찍 일어나 글 배우더만" 하는 말이 좋아서.

북쪽

북쪽은 고향

그 북쪽은 여인이 팔려 간 나라

머언 산맥에 바람이 얼어붙을 때

다시 풀릴 때

시름 많은 북쪽 하늘에

마음은 눈감을 줄 모르다

여인들이, 내 여인들이 팔려 간 북쪽 하늘을 바라보며 한 사람이 땅 위에 서 있다.

눈 감지 못하는 밤에.

해당화

백모래 십 리 벌을
삽분삽분 걸어간 발자옥
발자옥의 임자를 기대려
해당화의 순정은
해마다 붉어진다

우리들을 순정의 시간으로 잠시 데려다놓는다. 순정은 때가 없다. 헛살도 오르지 않았다. 바람에 저항할 기운이 생기지 않았다. 그러하니, 바람에 찢기지도 않고 더운 바람에 상하지도 않는다. 순정을 다 바친, 사랑의 눈은 다치지 않는다.

'해마다 붉어진다'.

'해마다'.

비늘 하나

파도 소리가 들려오는 게 아니요

꽃향기 그윽히 풍기거나

따뜻한 뺨에 볼을 부비는 것이 아니요

안개 속 다만 반짝이는 비늘 하나

모든 사람이 밟고 지나간 비늘 하나

어느 바닷가에 내 뺨을 부빈 따뜻한 뺨이 있었단 말인가.

얼굴을 감싸고 들여다보던 눈 속으로 파도가 치던 그런 사랑이 있었단 말인가?

바다여!

파도여!

다리 우에서

바람이 거센 밤이면
몇 번이고 꺼지는 네모난 장명등을
궤짝 밟고 서서 몇 번이고 새로 밝힐 때
누나는
별 많은 밤이 되려 무섭다고 했다

국숫집 찾어가는 다리 우에서
문득 그리워지는
누나도 나도 어려선 국숫집 아이

단오도 설도 아닌 풀버레 우는 가을철
단 하로
아버지의 제삿날만 일을 쉬고
어른처럼 곡을 했다

농사짓고 사는 사람들이 쉬는 날은 명절날이다. 쉬는 명절
은 다달이 있었다.

　2월 콩 볶아 먹는 날. 3월에는 쑥떡 해 먹는 삼짓날. 4월은
초파일. 5월은 단오. 6월은 유두. 7월은 두 번 쉬었다. 견우와
직녀가 만나는 칠석, 그리고 달이 환한 백중. 8월은 추석. 9월
은 중양절, 우리 지역 말로는 궐.

　그렇게 쉬는 날 중에 명절도 아닌, '단 하로' 쉬는 날이 있느
니, '아버지 제삿날'이었다. 그날은 어른처럼 곡을 하였던 것
이다.

집

밤마다 꿈이 많어서
나는 겁이 많어서
어깨가 처지는 것일까

끝까지 끝까지 웃는 낯으로
아해들은 층층계를 내려가바렸나 본데
벗 없을 땐
집 한 칸 있었으면 덜이나 곤하겠는데

타지 않는 저녁 하늘을
가벼운 병처럼 스쳐 흐르는 시장기
어쩌면 몹시두 아름다워라
앞이건 뒤건 내 가차이 모올래 오시이소

눈 감고 모란을 보는 것이요
눈 감고
모란을 보는 것이요

이렇게나 생각의 발걸음을 조심조심 가만가만 내딛는 마음도, 그 마음의 시도 드물다.

내가 지금 사는 집 뒤꼍에는 오래된 모란이 있다. 모란이 피고 봄날의 해가 서산으로 기울 때 산그늘은 내려와서 모란을 덮고 집을 나간다. 산그늘 내린 모란을 보면 허리 꺾이는 허기가 몰려왔다. 그러면 나는 모란을 두고 집을 나가 강에 닿는 산그늘을 보며 '눈을 감고 모란'을 보았다.

두메산골 1

들창을 열면 물구지떡 내음새 내달았다
쌍바라지 열어제치면
썩달나무 썩는 냄새 유달리 향그러웠다

뒷산에두 봋나무
앞산두 군데군데 봋나무

주인장은 매사냥을 다니다가
바위틈에서 죽었다는 주막집에서
오래오래 옛말처럼 살고 싶었다

사람들은 살고 싶은 집이 있다.

나는 내가 태어나 자란 마을에서 지금도 산다. 나는 지금 내가 사는 이 모양대로 이렇게 살고 싶었다. 그런데 그렇게 되었다. 나는 '옛말'보다 더 잘 산다.

지금도 처음 가졌던 나의 '옛말'처럼 살고 싶을 때가 있다.

오랑캐꽃

─긴 세월을 오랑캐와의 싸홈에 살았다는 우리의 머언
조상들이 너를 불러 '오랑캐꽃'이라 했으니 어찌 보면 너의
뒷모양이 머리태를 드리인 오랑캐의 뒷머리와도 같은
까닭이라 전한다─

아낙도 우두머리도 돌볼 새 없이 갔단다
도래샘도 띳집도 버리고 강 건너로 쫓겨 갔단다
고려 장군님 무지무지 쳐들어와
오랑캐는 가랑잎처럼 굴러갔단다

구름이 모여 골짝 골짝을 구름이 흘러
백 년이 몇백 년이 뒤를 이어 흘러갔나

너는 오랑캐의 피 한 방울 받지 않았건만
오랑캐꽃
너는 돌가마도 털메투리도 모르는 오랑캐꽃

두 팔로 햇빛을 막아줄게

울어보렴 목 놓아 울어나 보렴 오랑캐꽃

산을 타고 넘는다. 거친 물살이 흐르는 강물을 건넌다. 눈보라 치는 들판 길을 걷는다. 덜커덩덜커덩 기차를 타고 검은 강다리 위를 건넌다. 나라가 없었다. 집이 없었다. '목 놓아 울' 한 점 그늘도 없었다.

죽음

별과 별들 사이를

해와 달 사이 찬란한 허공을 오래도록 헤매다가

끝끝내

한번은 만나야 할 황홀한 꿈이 아니겠습니까

가장 높은 덕이요 똑바른 사랑이요

오히려 당신은 영원한 생명

나라에 큰 난 있어 사나히들은 당신을 향할지라도

두려울 법 없고

충성한 백성만을 위하야 당신은

항상 새 누리를 꾸미는 것이었습니다

아무도 이르지 못한 바닷가 같은 데서

아무도 살지 않은 풀 우거진 벌판 같은 데서

말하자면

헤아릴 수 없는 옛적 같은 데서

빛을 거느린 당신

이용악의 「집」과 「죽음」과 다음 페이지에 나오는 「노래 끝
나면」이라는 시에 나는 한때 빠져 살았다. 그중에서 나는 「죽
음」을 제일 좋아하였다.

　'별과 별들 사이를

　해와 달 사이 찬란한 허공을 오래도록 헤매다가

　끝끝내

　한번은 만나야 할 황홀한 꿈이 아니겠습니까'.

　'찬란한 허공'에서 나는 '허공'이라는 말에 어지러웠던 것
이다.

노래 끝나면

손뼉 칩시다 정을 다하야
우리 손뼉 칩시다

노새나 나귀를 타고
방울 소리며 갈꽃을 새소리며 달무리를
즐기려 가는 것은 아니올시다

청기와 푸른 등을 밟고 서서
웃음 지으십시오
아해들은 한결같이 손을 저으며
멀어지는 나의 뒷모양 물결치는 어깨를
눈부시게 바라보라요

누구나 한번은 자랑하고 싶은
모든 사람의 고향과
나의 길은 황홀한 꿈속에 요요히 빛나는 것

손뼉 칩시다 정을 다하야

우리 손뼉 칩시다

이용악의 「집」과 「죽음」과 「노래 끝나면」 중에서 나는 「죽음」이라는 시를 가장 좋아하고 「노래 끝나면」을 그다음으로 좋아한다. 이렇게 써놓고 보니, 실은 세 편이 내가 가장 좋아하는 이용악의 시들이다. 가락과 율동과 리듬이 산과 산을 타고 넘어가는 눈보라 같다.

　'청기와 푸른 등을 밟고 서서

　웃음 지으십시오

　아해들은 한결같이 손을 저으며

　멀어지는 나의 뒷모양 물결치는 어깨를

　눈부시게 바라보라요'.

강가

아들이 나오는 올겨울엔 걸어서라두
청진으로 가리란다
높은 벽돌담 밑에 섰다가
세 해나 못 본 아들을 찾어오리란다

그 늙은인
암소 따라 조이밭 저쪽에 사라지고
어느 길손이 밥 지은 자친지
끄슬은 돌 두어 개 시름겨웁다

시를 읽다가 어떤 구절이나 말을 만나면, 눈이 지그시 감기거나 아니면 무릎을 치거나 아니면 탄복이 절로 나오거나 그도 아니면 옆 사람을 찾아가서 이거 보라거나, 그도 저도 아니면 가슴에 새겨보기도 한다.

그런데 말이다. 어떤 구절을 만나면 벌떡 일어나 밖으로 나가 딴짓을 하고 있는 나를 발견하게도 되는데, '암소 따라 조이밭 저쪽에 사라지고/ 어느 길손이 밥 지은 자췬지/ 끄슬은 돌 두어 개 시름겨웁다'에서 '끄슬은 돌 두어 개'를 생각하면 나도 모르게 벌떡 일어나 아침이 오는 하늘을 보고 서 있을 때가 있었다.

두메산골 2

아히도 어른도
버섯을 만지며 히히 웃는다
독한 버섯인 양 히히 웃는다

돌아돌아 물곬 따라가면 강에 이른대
영 넘어 여러 영 넘어가면 읍이 보인대

맷돌 방아 그늘도 토담 그늘도
희부옇게 엷어지는데
어디서 꽃가루 날러오는 듯 눈부시는 산머리

온 길 갈 길 죄다 잊어바리고
까맣게 쓰러지고 싶다

이 시인은 내게 왜 이러는지 모르겠다. 자기도 그렇게 하지도 못하는 일을 가지고 이렇게나 사람을 길가에 쓰러뜨려버리는 것이다. 그것도 '까맣게' 태워서.

두메산골 4

소곰토리 지웃거리며 돌아오는가

열두 고개 타박 타박 당나귀는 돌아오는가

방울소리 방울소리 말방울소리 방울소리

고개를 넘어 들길이다. 저만큼 산 아래, 마을로 이어지는 굽이굽이 흰 길이다. 한밤도, 한낮도 아니다. 해거름 초가지붕이다. 누가 문밖에 나와 서 있구나. 누이인가 어머니인가. 두 손 맞잡은 새 각시인가. 나귀는 걷는다.

두만강 너 우리의 강아

나는 죄인처럼 수그리고
나는 코끼리처럼 말이 없다
두만강 너 우리의 강아
너의 언덕을 달리는 찻간에
조고마한 자랑도 자유도 없이 앉았다

아모것두 바라볼 수 없다만
너의 가슴은 얼었으리라
그러나
나는 안다
다른 한 줄 너의 흐름이 쉬지 않고
바다로 가야 할 곳으로 흘러내리고 있음을

지금
차는 차대로 달리고
바람이 이리처럼 날뛰는 강 건너 벌판엔
나의 젊은 넋이

무엇인가 기대리는 듯 얼어붙은 듯 섰으니

욕된 운명은 밤 우에 밤을 마련할 뿐

잠들지 말라 우리의 강아

오늘 밤도

너의 가슴을 밟는 뭇 슬픔이 목마르고

얼음길은 거츨다 길은 멀다

길이 마음의 눈을 덮어줄

검은 날개는 없느냐

두만강 너 우리의 강아

북간도로 간다는 강원도 치와 마조 앉은

나는 울 줄을 몰라 외롭다

나라 없이 떠도는 사람들의 풍경과 심사를 이렇게나 구구절절 노래한 시는 이전에도 이후에도 없을 것이다.

　　보아라!

　　'나는 죄인처럼 수그리고

　　나는 코끼리처럼 말이 없다'.

　　'죄인처럼 수그리고' '코끼리처럼 말이 없다'는 말처럼 가슴 먹먹한 풍경이 세상천지 그 어디에 또 있단 말인가. '조고마한 자랑도 자유도 없이' 말이다. 이것은 개인이 아니라 나라였다.

낡은 집

날로 밤으로
왕거미 줄 치기에 분주한 집
마을서 흉집이라고 꺼리는 낡은 집
이 집에 살았다는 백성들은
대대손손에 물려줄
은동곳도 신호관자도 갖지 못했니라

재를 넘어 무곡을 다니던 당나귀
항구로 가는 콩실이에 늙은 둥글소
모두 없어진 지 오랜
외양간엔 아직 초라한 내음새 그윽하다만
털보네 간 곳은 아모도 모른다

찻길이 뇌이기 전
노루 멧돼지 쪽제비 이런 것들이
앞뒤 산을 마음 놓고 뛰어다니던 시절
털보의 셋째 아들은

나의 싸리말 동무는

이 집 안방 짓두광주리 옆에서

첫울음을 울었다고 한다

"털보네는 또 아들을 봤다우

송아지래두 붙었으면 팔아나 먹지"

마을 아낙네들은 무심코

차그운 이야기를 가을 냇물에 실어 보냈다는

그날 밤

저릎등이 시름시름 타들어가고

소주에 취한 털보의 눈도 일층 붉더란다

갓주지 이야기와

무서운 전설 가운데서 가난 속에서

나의 동무는 늘 마음 졸이며 자랐다

당나귀 몰고 간 애비 돌아오지 않는 밤

노랑 고양이 울어 울어

종시 잠 이루지 못하는 밤이면

어미 분주히 일하는 방앗간 한구석에서

나의 동무는

도토리의 꿈을 키웠다

그가 아홉 살 되든 해

사냥개 꿩을 쫓아다니는 겨울

이 집에 살던 일곱 식솔이

어데론지 사라지고 이튿날 아침

북쪽을 향한 발자옥만 눈 우에 떨고 있었다

더러는 오랑캐령 쪽으로 갔으리라고

더러는 아라사로 갔으리라고

이웃 늙은이들은

모두 무서운 곳을 짚었다

지금은 아무도 살지 않는 집

마을서 흉집이라고 꺼리는 낡은 집

제철마다 먹음직한 열매

탐스럽게 열던 살구

설구나무도 글거리만 남았길래

꽃피는 철이 와도 가도 뒤울안에

꿀벌 하나 날아들지 않는다

1970~80년대 내가 사는 마을에도 이런 낡은 빈집들이 곳곳에 흉물스럽게 있었다. 우리 뒷집도 그 뒷집도 옆집도 이런 집이었다. 밤이면 빈집들은 무서웠다. 캄캄한 집 앞을 지나며 나는 무서워 발길이 부산해졌다. 지금도 산골 마을에 가보면 이렇게 허물어진 빈집들이 있다.

이 시를 읽을 때마다, 나는 우리가 살았던 1970~80년대 농촌이 생각나곤 한다. 낡은 집을 통해 식민지 시대 농촌 실상을 이렇게 정밀하게 그려낸 시는 그리 많지 않다.

무자리와 꽃

가슴은 뫼풀 우거진 벌판을 묻고
가슴은 어느 초라한 자리에 묻힐지라도
만날 것을
아득한 다음날 새로히 만나야 할 것을

마음 그늘진 두던에 엎디어
함께 살아온 너
어디루 가나

불타는 꿈으로 하야 자랑이던
이 길을 네게 나누자
흐린 생각을 밟고 너만 어디루 가나

눈을 감으면 너를 따라
자욱자욱 꽃을 드딘다
휘휘로운 마음에 꽃잎이 흩날린다

늘 물이 모자란 논밭이 있는 마을, 같이 살던 사람들은 어딘가로 떠나간다. 모를 내며, 벼를 나르며 달빛을 밟던 동무들도 있었을 것이다. 사랑하는 사람도 있었을 것이다. 사랑을 주면 사랑을 받아주던 나무 그늘 언덕도 있었을 것이다. 사연 많은 나라 아니었던가.

'눈을 감으면 너를 따라

자욱자욱 꽃을 드딘다

휘휘로운 마음에 꽃잎이 흩날린다'.

벌판을 가는 것

몇천 년 지난 뒤 깨어났음이뇨

나의 밑 다시 나의 밑 잠자는 혼을 밟고

새로히 어깨를 일으키는 것

나요

불길이요

쌓여 쌓여서 훈훈히 썩은 나뭇잎들을 헤치며

저리 환하게 열린 곳을 뜻함은

세월이 끝나던 날

오히려 높디높았을 나의 하늘이 남아 있기 때문에

내 거니는 자욱마다 새로운 풀폭 하도 푸르러

뒤돌아 누구의 이름을 부르료

이제 벌판을 가는 것

바람도 비도 눈보라도 지나가버린 벌판을

이렇게 많은 단 하나에의 길을 가는 것

나요

끝나지 않는 세월이요

나무 같은 기개. 바위 같은 품격. 강물같이 인내하며, 나무 같은 절개로 높은 마음을 꺾지 않고, 나는 '새로히 어깨를 일으키는 것/ 나요/ 불길이요'.

짓밟히는 거리에서

잔바람 불어오거나 구름 한 점 흘러가는 게 아니다
짓밟히는 서울 거리 막다른 골목마다 창백한 이마에 팔을
없는 어진 사람들

숨 막혀라 어디서 누가 울 수 있느냐

눈보라여 비바람이여 성낸 물결이여 이제 마구 휩쓸어
오는가 불길이여 노한 청춘들과 함께 이제 어깨를
일으키는가

너도 너도 너도 피 터진 발꿈치 피가 터진 발꿈치에
힘을 모두어 다시 한번 땅을 차자 사랑하는 우리의 거리
한복판으로 너도 너도 너도 땅을 구르며 나아가자

　　—1948년 서울에서

1948년이면 내가 태어난 해다. 그때 서울의 거리다. 나는 그때 지금 내가 살던 집에서 태어났다. 해방된 지, 3년째다. 전쟁이 일어나기 이태 전이다.

이용악 시 중에 약간은 끊기는 듯한 낯선 가락이 나타났다. 무슨 일이 있었을까?

전라도 가시내

알룩조개에 입 맞추며 자랐나

눈이 바다처럼 푸를뿐더러 까무스레한 네 얼골

가시내야

나는 발을 얼구며

무쇠 다리를 건너온 함경도 사내

바람 소리도 호개도 인전 무섭지 않다만

어두운 등불 밑 안개처럼 자욱한 시름을 달게

마시련다만

어디서 흉참한 기별이 뛰어들 것만 같애

두터운 벽도 이웃도 못 미더운 북간도 술막

온갖 방자의 말을 품고 왔다

눈포래를 뚫고 왔다

가시내야

너의 가슴 그늘진 숲속을 기어간 오솔길을 나는

헤매이자

술을 부어 남실남실 술을 따르어

가난한 이야기에 고히 잠거다오

네 두만강을 건너왔다는 석 달 전이면

단풍이 물들어 천 리 천 리 또 천 리 산마다 불탔을 겐데

그래두 외로워서 슬퍼서 초마폭으로 얼굴을 가렸더냐

두 낮 두 밤을 두루미처럼 울어 울어

불술기 구름 속을 달리는 양 유리창이 흐리더냐

차알삭 부서지는 파도소리에 취한 듯

때로 싸늘한 웃음이 소리 없이 새기는 보조개

가시내야

울 듯 울 듯 울지 않는 전라도 가시내야

두어 마디 너의 사투리로 때아닌 봄을 불러줄게

손때 수집은 분홍 댕기 휘휘 날리며

잠깐 너의 나라로 돌아가거라

이윽고 얼음길이 밝으면

나는 눈포래 휘감아 치는 벌판에 우줄우줄 나설 게다

노래도 없이 사라질 게다

자욱도 없이 사라질 게다

'캬아……'라는 감탄이 절로 터져 나오는 시다. 놀랍다. 이렇게 시작부터 끝날 때까지 한 호흡으로 잔잔한 물결처럼 시를 이어가다니, 시의 놀라운 운용이다.

'술을 부어 남실남실 술을 따르어
가난한 이야기에 고히 잠거다오'.

'단풍이 물들어 천 리 천 리 또 천 리 산마다 불탔을 겐데
그래두 외로워서 슬퍼서 초마폭으로 얼굴을 가렸더냐'.

'나는 눈포래 휘감아 치는 벌판에 우줄우줄 나설 게다'.

어디 한 줄을 읽어도 어느 한 연을 읽어도 완성된 한 편의 시다. '남실남실' '천 리 천 리 또 천 리' '우줄우줄'은 함경도 사나이들의 더디고 느리고 큰 발걸음이다.

소원

나라여 어서 서라

우리 큰놈이 늘 보구픈 아저씨

유정이도 나와서

토장국 나눠 마시게

나라여 어서 서라

꿈치가 드러난 채

휘정휘정 다니다도 밤마다 잠자리발

가없는

가난한 시인 산운이도

맘 놓고 좋은 글 쓸 수 있게

나라여 어서 서라

그리운 이들 너무 많구나

목이랑 껴안고

한 번이사 울어도 보게

좋은 나라여 어서 서라

정답고, 정다워, 그리고 한없이 그리워져서 눈시울이 붉어진다. 큰놈이 보고 싶은, 유정이 맘 놓고 시를 쓸 수 있는 나라를 생각하니, 그리운 이들이 너무 많다.

　'목이랑 껴안고' 실컷 울고 싶은 나라. '좋은 나라여 어서 서라'는 간결함이 이다지도 간절하게 들리다니.

눈보라의 고향

휘몰아치는 눈보라 속
우중충한 술집에선
낡은 장명등을 위태로이 내어걸고
어디선가 소리쳐 우는 아해들

험난한 북으로의 길은
이곳에 이르러 끝나야 하겠습니다
고향이올시다 아버지도 형도 그리고 나도
젊어서 떠나버린 고향이올시다

애끼고 애껴야 할 것에 눈떠
나의 손과 너의 손을 맞잡으면
이마에 흘러내리는
검은 머리카락이 얼마나 자랑스럽습니까

오—래 감췄든 유리병을 깨뜨려
독한 약이 꽃답게 흩어진 얼음 우에

붉은 장미가 피어납니다

눈보라 속

눈보라 속 굳게 닫힌 성문을

뿔로 걷는 사슴이 있어

태어나 자란 고향에 나는 산다. 고향이라는 말을 입에 담을
일 없이 살았다. 그러나 고향을 모르고 살았다고 해서, 고향을
잊고 살지도 못했다. 내가 사는 고향에는, 고향 사람들이 없어
타향 같았다. 추석이나 설 명절, 고향을 찾은 사람들이 썰물처
럼 빠져나간 뒤 홀로 강가에 서 있으면 내가 살고 있는 모두의
고향이 나에게는 타향 같았다.

유정에게

요전 추위에 얼었나 보다 손등이 유달리 부은 선혜란
년도 입은 채로 소원이 발가락 안 나가는 신발이요 소원이
털모자인 창이란 놈도 입은 채로 잠이 들었다

겨울엔 역시 엉뎅이가 뜨뜻해야 제일이니 뭐니 하다가도
옥에 갇힌 네게 비기면 못 견딜 게 있느냐고 하면서 너에게
차입할 것을 늦도록 손질하던 아내도 인젠 잠이 들었다

머리맡에 접어놓은 군대 담요와 되도록 크게 말은
솜버선이며 고리짝을 뒤저거렸자 쓸 만한 건 통 없었구나
무척 헐게 입은 속내복을 나는 다시 한번 어루만지자
오래간만에 들른 우리집 문마다 몹시도 조심스러운데

이윽고 통행금지 시간이 지나면 창의 어미는 이 내복
꾸레미를 안고 나서야 한다 바람을 뚫고 바람을 뚫고
조국을 대신하여 네가 있는 서대문 밖으로 나가야 한다

시인 유정은 1922년생이다. 이용악이 1914년생이니까, 여덟 살 차이다. 둘 다 함경북도 경성 출신이다. 이용악의 시에 두서너 번 등장하는 것을 보면, 이 둘은 피붙이처럼 가까이 지냈나보다. 시인의 아내인, '창의 어미는 이 내복 꾸레미를 안고 나서야 한다/ 바람을 뚫고 바람을 뚫고 조국을 대신하여/ 네가 있는 서대문 밖으로 나가야 한다'.

어둠에 젖어

마음은 피어
포기 포기 어둠에 젖어

이 밤
호을로 타는 촛불을 거느리고

어느 벌판에로 가리
어른거리는 모습마다
검은 머리 향그러히 검은 머리
가슴을 덮고 숨고 마는데

병들어 벗도 없는 고을에
눈은 내리고
멀리서 철길이 운다

이용악만큼 우리 고유의 속 깊은 정을 드러내준 시인도 드물다. 정은 진심이다. 마음이다. 인심이다. 믿음이다. 마음을 주고받고 오고 가는 길이 나 있다. 한 그릇의 국이, 한 접시 떡이 울타리를 넘어가고 넘어오는 정은, 만들지 못한다. 꾸미지 못한다. 진정이 아니면, 금세 국은 식는다. 우리 역사 속에서 나라를 살렸던 것은, 정이었다. 나라를 되찾은 것도 실은 그 정을 지키기 위한 노력 덕분이었을 것이다. 그러지 않고서야 '멀리서 철길이 우'는 소리가 이렇게 가슴을 울릴 리 없다.

흙

애비도 종 할애비도 종 한뉘 허리 굽히고 드나들던 토막
기울어진 흙벽에 쭝그리고 기대앉은 저 아해는 발가숭이
발가숭이 아이의 살결은 흙인 듯 검붉다

덩쿨 우거진 어느 골짜구니를 맑고 찬 새암물 돌돌
가느다랗게 흐르는가 나비사 이미 날지 않고 오랜 나무
마디마디에 휘휘 감돌아 맺힌 고운 무늬 모냥 버섯은
그늘에만 그늘마다 피어

잠자듯 어슴프레히 저놈의 소가 항시 바라보는 것은
하늘이 높디 높다란 푸른 하늘이 아니라 분질러놓은
수레바퀴가 아니라 흙이다 검붉은 흙이다

'나비사 이미 날지 않고

오랜 나무 마디마디에

휘휘 감돌아 맺힌

고운 무늬 모냥 버섯은

그늘에만

그늘마다 피어'.

좋은 시는 한 구절만으로도 시다. 좋은 그림은 작아도 커 보이고 커도 작아 보인다. 그것이 우리들이 그동안 경험해보지 못한 한 세계의 완성이기 때문이다.

「흙」이라는 시의 산문 행을 시의 행으로 바꾸어보았다. 이 시의 고유한 정신이 훼손되지 않았다. 오히려 돋보이며 완성된 한 세계로 드러났다. 버섯은 응달에서 많이 핀다. '피는' 것이다.

하늘만 곱구나

   집도 많은 집도 많은 남대문턱 움 속에서 두 손 오그려
혹혹 입김 불며 이따금씩 쳐다보는 하늘이사 아마
하늘이기 혼자만 곱구나

   거북네는 만주서 왔단다 두터운 얼음장과 거센 바람
속을 세월은 흘러 거북이는 만주서 나고 할배는 만주에
묻히고 세월이 무심찮아 봄을 본다고 쫓겨서 울면서 가던
길 돌아왔단다

   띠팡을 떠날 때 강을 건늘 때 조선으로 돌아가면
빼앗겼던 땅에서 농사지으며 가 갸 거 겨 배운다더니
조선으로 돌아와도 집도 고향도 없고

   거북이는 배추 꼬리를 씹으며 달디달구나 배추 꼬리를
씹으며 꺼무테테한 아배의 얼굴을 바라보면서 배추 꼬리를
씹으며 거북이는 무엇을 생각하누

첫눈 이미 내리고 이윽고 새해가 온다는데 집도
많은 집도 많은 남대문턱 움 속에서 이따금씩 쳐다보는
하늘이사 아마 하늘이기 혼자만 곱구나

이 시에 다른 말을 붙이기 싫다.

배추 꼬리는 달다. 김장을 하기 위해 배추는 뽑지 않고 사람들은 배추 포기만 칼로 잘라왔다. 푸릇푸릇 배추, 겉잎이 얼어가는, 빈 배추밭 땅속 흙 묻은 배추 뿌리는 달기만 하다. 가난의 뿌리 중에 단 것은 배추 뿌리뿐이다.

그리움

눈이 오는가 북쪽엔
함박눈 쏟아져 내리는가

험한 벼랑을 굽이굽이 돌아간
백무선 철길 우에
느릿느릿 밤새어 달리는
화물차의 검은 지붕에

연달린 산과 산 사이
너를 남기고 온
작은 마을에도 복된 눈 내리는가

잉큿병 얼어드는 이러한 밤에
어쩌자고 잠을 깨어
그리운 곳 차마 그리운 곳

눈이 오는가 북쪽엔

함박눈 쏟아져 내리는가

'잉크병이 얼어드는 이러한 밤'이 나라 잃은 시인의 방이었다.

뒷길로 가자

우러러 받들 수 없는 하늘
검은 하늘이 쏟아져 내린다
왼몸을 굽이치는
병든 흐름도 캄캄히 저물어가는데

예서 아는 이를 만나면 숨어바리지
숨어서 휘정휘정 뒷길을 걸을라치면
지나간 모든 날이 따라오리라

썩은 나무다리 걸쳐 있는 개울까지
개울 건너 또 개울 건너
빠알간 숯불에 비웃이 타는 선술집까지

푸르른 새벽인들 내게 없었을라구
나를 에워싸고
외치며 쓰러지는 수없이 많은 나의 얼골은.
파리한 이마는 입술은 잊어바리고저

나의 해바래기는

무거운 머리를 어느 가슴에 떨어뜨리랴

이제 검은 하늘과 함께

줄기줄기 차거운 비 쏟아져 내릴 것을

네거리는 싫여 네거리는 싫여

히히 몰래 웃으며 뒷길로 가자

현실을 피해 그가 가고자 했던 '뒷길'은 어디일까? 그는 왜 사람들이 만나는 북적거리는 네거리, 푸른 새벽을 피하고 싶었을까? 나약하고 병든 마음은 초라하고 초조하다. 몰래 '히히 웃는' 그가 가슴을 저리게 한다.

이 시의 이 끝이 오래도록 내게 남아 있다. 이용악 하면 늘 끝에, 히히 몰래 혼자 웃는 그이가 생각나 어떤 구석진 곳이 아프다.

버드나무

누나랑 누이랑

뽕오디 따러 다니던 길가엔

이쁜 아가씨 목을 맨 버드나무

백 년 기대리는 구렝이 숨었다는 버드나무엔

하루살이도 호랑나비도 들어만 가면

다시 나올 성싶잖은

검은 구멍이 입 벌리고 있었건만

북으로 가는 남도 치들이

산길을 바라보고선 그만 맥을 버리고

코올콜 낮잠 자던 버드나무 그늘

사시사철 하얗게 보이는

머언 봉우리 구름을 부르고

마을선

평화로운 듯 밤마다 등불을 밝혔다

우리 동네와 이웃 동네 사이에 커다란 느티나무가 있었다. 그 나무 밑을 지나면 호랑이가 흙을 뿌린다고도 하고 하얀 여우가 나무 뒤에 숨어 있다고도 하고 그 나무 속에는 커다란 구렁이가 산다고도 했다. 이웃 마을로 시집온 새 각시가 소복을 입은 채 목을 매달았다고 했다. 우리들은 밤이나 낮이나 그 소나무 밑을 지날 때 소름이 돋았다. 밤에 그 나무 밑을 지날 때면 이마에는 식은땀이 났다.

나는 이웃 동네 큰아기를 이 나무 밑에서 만났다.

그런 일은, 나뿐이 아니었을 것이다.

풀버렛 소리 가득 차 있었다

우리 집도 아니고
일갓집도 아닌 집
고향은 더욱 아닌 곳에서
아버지의 침상 없는 최후 최후의 밤은
풀버렛 소리 가득 차 있었다

노령을 다니면서까지
애써 자래운 아들과 딸에게
한마디 남겨두는 말도 없었고
아무을만의 파선도
설룽한 니코리스크의 밤도 완전히 잊으셨다
목침을 반듯이 벤 채

다시 뜨시잖는 두 눈에
피지 못한 꿈의 꽃봉오리가 깔앉고
얼음장에 누우신 듯 손발은 식어갈 뿐
입술은 심장의 영원한 정지를 가리켰다

때늦은 의원이 아모 말 없이 돌아간 뒤
이웃 늙은이 손으로
눈빛 미명은 고요히
낯을 덮었다

우리는 머리맡에 엎디어
있는 대로의 울음을 다아 울었고
아버지의 침상 없는 최후 최후의 밤은
풀버렛 소리 가득 차 있었다

'우리 집도 아니고

일갓집도 아닌 집

고향은 더욱 아닌 곳에서

(…)

머리맡에 엎디어

있는 대로의 울음을 다' 울 수 있는 사람들의 설움은, 얼마
였을까?

아이야 돌다리 위로 가자

냇물이 맑으면 맑은 물 밑엔
조약돌도 디려다보이리라
아이야
나를 따라 돌다리 위로 가자

　멀구 광주리의 풍속을 사랑하는 북쪽 나라
　말 다른 우리 고향
　달맞이 노래를 들려주마

다리를 건너
아이야
네 애비와 나의 일터 저 푸른 언덕을 넘어
풀냄새 깔앉은 대숲으로 들어가자

　꿩의 전설이 늙어가는 옛 성 그 성 밖
　우리 집 지붕엔
　박이 시름처럼 큰단다

구름이 희면 흰 구름은

북으로 북으로도 가리라

아이야

사랑으로 너를 안았으니

댓잎사귀 새이새이로 먼 하늘을 내다보자

봉사꽃 유달리 고운 북쪽 나라

우리는 어릴 적

해마다 잊지 않고 우물가에 피웠다

하늘이 고히 물들었다

아이야

다시 돌다리를 건너온 길을 돌아가자

돌담 밑 오지 항아리

저녁 별을 안고 망설일 지음

우리 아운 나를 불러 불러 외롭단다

—시무라에서

시 속에는 많은 이야기가 숨어 있다. 나도 몰래 이야기 속을 따라다니고 돌아다니게 된다. 짧은 시 속에 짧은 이야기 한 토막이지만, 이야기는 이어지고 이어져 길고 긴 역사가 된다.

령

너는 나를 믿고
나도 너를 믿으나
령은 높다 구름보다도 령은 높다

바람은 병든 암사슴의 숨결인 양 풀이 죽고
태양이 보이느냐
이제 숲속은 치떨리는 신화를 부르려니
왼몸에 쏟아지는 찬땀
마음은 공허와의 지경을 맴돈다

너의 입술이 파르르으 떨고
어어둑한 바위틈을 물러설 때마다
너의 눈동자는 사로잡힌다
즘생보담 무서운 그 무서운 무서운
도끼를 멘 초부의 환영에

일연감색으로 물든 서천을 보도 못 하고

날은 저물고 어둠이 치밀어든다

여인아

너의 노래를 불러다오

찌르레기 소리 너의 전부를 점령하기 전에

그렇게 명랑하던 너의 노래를 불러다오

나는 너를 믿고

너도 나를 믿으나

령은 높다 구름보다도 령은 높다

'령'은 '영'의 북한 말이다. 높은 산 고개를 말한다.

이용악의 시 속에는 령이라는 말이 많이도 나온다. 그가 태어난 함경북도 경성은 산이 많은 고장인가 보다. 통일되면, 나는 꼭 경성을 가고 싶다. 그리고 그가 태어난 경성에 가서 고개를 뒤로 젖히고 구름보다 높은 령을 올려다보고 싶다. 고개가 아플 때까지.

불

모든 것이 잠잠히 끝난

다음에도

당신의 벗이래야 할 것이

솟아오르는 빛과 빛과 몸을 부비면

한결같이 일어설 푸른 비늘과 같은

아름다움

가슴마다 피어

싸움이요

우리 당신의 이름을 빌어

미움을 물리치는 것이요

그는 걸어 다니면서 시를 착상하고 싸구려 소주를 마시면서 시 구절을 다듬고 추운 이불 속에 엎디어서 그것을 완성했다고 한다.

순하고 착한 말을 찾고 선한 말로 조용조용 시의 나라를 세웠다. 그의 미움도, 싸움도 나라의 이름을 불러 물리쳤다. 그의 시에는 부끄러운 티 하나 없다.

새해에

이가 시리다
이가 시리다

두 발 모두어
서 있는 이 자리가 이대로
나의 조국이거든

설이사 와도 그만 가도 그만인
헐벗은 이 사람들이 이대로
나의 형제거든

말하라 세월이여
이제
그대의 말을 똑바루 하라

'말하라 세월이여

이제

그대의 말을 똑바루 하라'.

오랜 세월이 있었다. 세월의 곳곳에서 수난과 투쟁, 승리와
패배가 있었다. 넘어지면 일어서고 막히면 뚫고 떠나면 불러
들여 우리는 여기까지 왔다.

'그대의' '말을' '똑바루' '하라'.

구슬

마디마디 구릿빛 아무렇던

열 손가락

자랑도 부끄러움도 아닐 바에

지혜의 강에 단 한 개의 구슬을 바쳐

밤이기에 더욱 빛나야 할 물 밑

온갖 바다에로 새 힘 흐르고 흐르고

몇천 년 뒤

내

닮지 않은 어느 아해의 피에 남을지라도

그것은 헛되잖은 이김이라

꽃향기 숨 가쁘게 날러드는 밤에사

정녕 맘 놓고 늙언들 보자요

'아해의 피에 남을지라도'.

이, 단 한 줄의 시로, 그 한 줄에 담긴 서너 마디로, 나는 무릎을 꺾는다. 시여!

길

여덟 구멍 피리며 앉으랑 꽃병

동그란 밥상이며 상을 덮은 흰 보재기

안해가 남기고 간 모든 것이 고냥 고대로

한때의 빛을 머금어 차라리 휘휘로운데

새벽마다 뉘우치며 깨는 것이 때론 외로워

술도 아닌 차도 아닌

뜨거운 백탕을 훌훌 마시며 차마 어질게 살아보리

안해가 우리의 첫 애길 보듬고

먼 길 돌아오면

내사 고운 꿈 따라 횃불 밝힐까

이 조그마한 방에 푸르른 난초랑 옮겨놓고

나라에 지극히 복된 기별이 있어 찬란한 밤마다

숱한 별 우러러 어찌야 즐거운 백성이 아니리

꽃잎 해칠사록 깊어만 지는 거울

호을로 차지하기엔 너무나 큰 거울을

언제나 똑바루 앞으로만 대하는 것은

나의 웃음 속에

우리 애기의 길이 틔어 있기에

'안해가 우리의 첫 애길 보듬고

먼 길 돌아오면

내사 고운 꿈 따라 횃불 밝힐까

이 조그마한 방에 푸르른 난초랑 옮겨놓고'.

아내. 첫아기를 보듬고 오는 아내. 산딸나무 꽃 같은 아내.

슬픈 일 많으면

캄캄한 다릿목에서
너를야 기대릴까

모두 어질게 사는 나라래서
슬픈 일 많으면 부끄러운 부끄러운 나라래서
휘정휘정 물러갈 곳 있어야겠구나

스사로의 냄새에 취해 꺼꾸러지려는
어둠 속 괴이한 썩달나무엔
까마귀 까치 떼 울지도 않고 날러든다

이제 험한 산ㅅ발이 등을 일으키리라
보리밭 사이 노랑꽃 노랑꽃 배추밭 사잇길로
사뿟이 오너라 나의 사람아

내게 밝힌 것은 벌렌들 고운 나빈들
오―래 서서 너를야 기대릴까

이용악의 시에는 '나라'라는 말이 많이 나온다. 그의 나라는, 우리나라다. 그는 착하고 선한 사람이었을 것이다. 착하고 선한 마음에는 착하고 선한 사람들이 산다.

작은 마을의 논과 밭과 산과 강과 짐승들, 그 속에 엎드려 땅 파고 서서 해와 달을 보며 손으로 땀을 훔치는 사람들이 산 아래 작은 초가지붕 아래, 또 착한 아내와 아이들이 산다. 나라를 잃었어도, 낡은 집을 두고 고향을 등졌어도 그 나라에는 착하고 선한 얼굴들이 살고 있다. 나라라는 말이 정다운 그의 시들을 나는 사랑한다.

'이제 험한 산ㅅ발이 등을 일으키리라

보리밭 사이 노랑꽃 노랑꽃 배추밭 사잇길로

사뿟이 오너라 나의 사람아'.

『낡은 집』꼬리말

　새롭지 못한 느낌과 녹쓸은 말로써 조고마한 책을
엮었으니, 이 책을『낡은 집』이라고 불러주면 좋겠다.

　되도록 적게 싣기에 힘써 여기 열다섯 편을 골라
넣고…… 아직 늦지 않었음을 믿는 생각만이 어느 눈 날리는
벌판에로 쏠린다.

　두터운 뜻을 베풀어 제 일처럼 도와준 동무들께 고마운
말을 어떻게 가졌으면 다할는지 모르겠다.

용악

『낡은 집』은 이용악의 두 번째 시집으로 1938년에 나왔다. 서울에서 대학원을 다니는 친구가 복사본 '낡은 시집' 『낡은 집』을 가지고 왔다. 복사가 잘 되지 않아 글씨가 온전하지 못했다. 모두 열다섯 편이었다. 읽고, 읽고 또 읽었다. 낯선 시였다. 누워 읽다가 등이 아프면 엎디어 읽다가 허리가 아프면 모로 누워 읽고, 오른쪽 어깨가 괴이면 왼쪽으로 돌아누워 시를 읽었다. 나는 가난했지만 배부름과 등 따신 행복에 젖곤 했다. 창호지 문으로 새어든 달빛이 방 안 가득하였다. 나에게도 욕심 없는 시가 행복한 '낡은 집'이 있었다. 이 시집을 묶으면서 나는 정말 열다섯 편만 묶고 싶었다. '꼬리말'은 지금으로 말하면 '책 뒤에'다.